AF346441

20 MAI 1913

PN

SUCCESSION DE MONSIEUR A. B...

MOBILIER DE SALON

DU TEMPS DE LOUIS XV

Couvert en Tapisserie fine du XVIIIe Siècle

PARIS — MAI 1913

NOTICE

D'UN

AMEUBLEMENT DE SALON

EN BOIS SCULPTÉ DORÉ DU TEMPS DE LOUIS XV

COUVERT

En Ancienne Tapisserie fine du XVIIIe Siècle

DÉPENDANT DE LA SUCCESSION DE MONSIEUR A. B...

ET DONT LA VENTE AUX ENCHÈRES PUBLIQUES

Par suite de Décès

ET EN VERTU D'UNE ORDONNANCE ENREGISTRÉE

AURA LIEU A PARIS

HOTEL DROUOT, SALLE N° 10

LE MARDI 20 MAI 1913

à quatre heures

COMMISSAIRES-PRISEURS

Me PAUL TILORIER	**Me F. LAIR-DUBREUIL**
9, boulevard des Italiens	6, rue Favart

EXPERTS

MM. PAULME ET B. LASQUIN FILS

10, rue Chauchat | 11, rue de la Grange-Batelière

EXPOSITIONS

PARTICULIÈRE : *Le Lundi 19 Mai 1913, de 1 heure 1/2 à 6 heures.*
PUBLIQUE : *Le Mardi 20 Mai 1913 (Jour de la vente), de 1 h. 1/2 à 4 h.*

CONDITIONS DE LA VENTE

Elle sera faite au comptant.

Les acquéreurs paieront *dix pour cent* en sus des enchères.

Paris. — Imp. de l'Art, Ch. Berger, 41, rue de la Victoire.

DÉSIGNATION

MOBILIER DE SALON
EN ANCIENNE TAPISSERIE FINE
DU DIX-HUITIÈME SIÈCLE

Ce Mobilier en bois sculpté doré, du temps de Louis XV, comprend :

Un grand Canapé.

Huit grands Fauteuils.

Chacune de ces pièces est recouverte aux sièges et dossiers d'ancienne tapisserie fine du xviiie siècle, offrant des compositions toutes variées de sujets, d'après les Fables de La Fontaine, dans des médaillons encadrés de rocailles, de fleurons, de feuillages et de coquilles sur contrefond rouge chargé de festons de fleurs.

Long. du canapé : 2 m. 30 cent.

Larg. d'un fauteuil : 76 cent.

www.ingramcontent.com/pod-product-compliance
Lightning Source LLC
LaVergne TN
LVHW011932170726
843501LV00011BA/4365